LA ROMANCE

DE NINA

PAR

MADAME DE BAWR

AVIS.

Ce volume se donne aux Souscripteurs de L'ESPION DU GRAND MONDE comme compensation de ce qui manque pour que le tome 7ᵉ soit aussi fort que les précédents.

PARIS
PASSARD, LIBRAIRE-ÉDITEUR,
7, RUE DES GRANDS-AUGUSTINS.

1851

LA ROMANCE DE NINA.

AVIS

Ce volume se donne aux Souscripteurs de L'ESPION DU GRAND MONDE, par M. DE SAINT-GEORGES, en compensation de ce qui manque au 7e volume pour être aussi fort que les précédents.

LA ROMANCE

DE NINA

PAR

MADAME DE BAWR

PARIS
PASSARD, LIBRAIRE-EDITEUR,
7, RUE DES GRANDS-AUGUSTINS.

1851

I

Dans l'hiver de 1799, une femme de trente-cinq ans à peu près, encore belle et vêtue fort simplement, parcourait la rue Saint-Denis, regardant à toutes les portes où se trouvaient des écritaux, avec l'air de chercher un logement à sa convenance. Elle s'appuyait d'un côté sur le bras d'une jeune personne de seize ou dix-sept ans, dont la jolie taille, les traits nobles et doux, attiraient l'attention des passants, en dépit de la robe de toile commune et du chapeau fané qu'elle portait ; de l'autre elle tenait par la main une petite fille âgée de dix ans au plus, fraîche, riante, et qui, par la gaîté de son babil, parvenait à dissiper de temps à autre la profonde mélancolie empreinte sur le visage de ses deux compagnes.

Ces trois personnes s'arrêtèrent enfin à la porte d'une allée qui donnait entrée dans une maison de mince apparence, mais fort propre. La dame, après avoir pris dans une boutique voisine quelques nformations sur les appartements meublés qui s'y trouvaient à louer, monta jusqu'à l'appartement du quatrième, lequel était composé de deux chambres et d'une petite salle à manger, l'arrêta pour le prix de cinquante francs par mois, et vint l'habiter avec les deux jeunes personnes dont nous avons parlé, et qui étaient ses filles.

Celle qui se logeait dans un si modeste réduit était née et avait longtemps vécu dans l'opulence. Veuve du marquis de Rostain, qu'elle avait suivi à l'étranger en 1792, sa fortune, comme celle de son mari, était devenue le bien de la nation. Le marquis était mort à Francfort l'année précédente, ne laissant à sa femme et à ses enfants que deux cents louis, faible reste d'une somme fort considérable qu'il avait emportée avec lui en quittant la France. Une pareille ressource était bien insuffisante, on le sent, pour faire vivre longtemps la marquise et ses filles dans une ville étrangère, où, sans parents, sans amis assez intimes pour lui en tenir lieu, elle n'avait pas même l'espoir de tirer grand parti de ses talents et de son travail. Effrayée du triste avenir qui attendait ses enfants, elle n'hésita pas à tout braver pour les arracher à la misère, et, dès que le temps eut calmé les premiers accès du désespoir causé par la mort de son mari, elle partit pour la France où elle était condamnée à mort comme émigrée, et prit seulement soin d'y rentrer sous le nom de madame Dupré.

La marquise de Rostain avait laissé à Paris un cousin-germain qui, bien que plus âgé qu'elle, l'avait jadis chérie comme sa sœur. Le comte de Sannois, c'est ainsi qu'il s'appelait, non-seulement n'avait point émigré, mais son fils était entré fort jeune au service de l'armée française, et, parmi tant de braves, avait fait remarquer sa bravoure au point de parvenir rapidement aux grades élevés. Comme plus d'une fois madame de Rostain avait vu le nom de son jeune parent cité avec éloge dans les journaux, c'était surtout sur la protection de M. de Sannois qu'elle croyait pouvoir compter, soit pour recouvrer, s'il était possible, une partie de sa fortune personnelle, soit au moins pour se faire rayer de la fatale liste.

Quel fut donc son désappointement quand, dès le lendemain de son arrivée à Paris, elle apprit que M. de Sannois voyageait en Italie depuis six mois, que l'époque de son retour n'était point fixée, quoique l'on pût supposer qu'elle serait prochaine, et que son fils était en Egypte où il avait suivi Bonaparte.

Madame de Rostain, qui ne possédait plus alors que la moitié de la faible somme qu'avait laissée son mari, se serait livrée au plus grand désespoir si son courage n'eût été soutenu par celui de sa fille aînée. Quoique Léontine eût à peine dix-sept ans, son intelligence et son caractère, développés par le malheur, étaient fort au-dessus de son âge. Elle consola sa mère, lui rappela le temps où, pour subvenir aux dépenses de la longue maladie qui leur avait enlevé M. de Rostain, sans épuiser leur petit trésor, elles avaient travaillé toutes deux.

« Pourquoi ne ferions-nous pas à Paris ce que nous avons fait à Francfort, maman ? dit l'aimable fille ; puisqu'il est si important que vous ne soyez reconnue par personne, et que nous avons besoin de vivre dans la plus grande solitude, nous pouvons nous loger avec économie dans un de ces quartiers que le beau monde n'habite pas, ne sortir qu'à la nuit pour prendre l'air et travailler tout le jour. Il vous sera facile de placer nos ouvrages chez quelque marchande qui ne vous connaîtra que sous le nom de madame Dupré, et l'argent que nous pouvons gagner ainsi, joint à celui qui vous reste, doit suffire et bien au-delà jusqu'au retour de notre cousin. »

Madame de Rostain se résolut à suivre les avis de Léontine; elle ne tarda pas à venir s'établir dans le petit logement dont on a parlé plus haut, non sans verser plus d'une larme sur le sort de ses pauvres enfants. Pour une légère somme par mois, une vieille femme qui logeait dans la maison, venait tous les matins faire le gros du ménage; Léontine se chargea de tout le reste. On eût dit qu'elle se multipliait, car elle ne souffrait pas que sa mère prît la moindre peine; et dès qu'elle s'aperçut que la nourriture, prise chez un mauvais traiteur, nuisait à la faible santé de madame de Rostain, elle parvint bientôt à préparer elle-même le frugal repas de famille.

Avec quelle tendresse, avec quel amour la pauvre mère suivait-elle des yeux cette charmante créature, toujours calme, toujours riante, qui semblait s'amuser des soins les plus pénibles et les plus fatigants ! Dès que Léontine avait fini ce qu'elle appelait son ouvrage, elle venait gaîment s'asseoir près de sa mère et de sa sœur, travaillait à une broderie, faisait une bourse, un sac, ou tout autre objet de fantaisie dont madame de Rostain avait trouvé le débit chez une grosse mercière de la rue Saint-Denis, qui payait un prix fort modique, mais qui payait comptant.

Madame de Rostain, et même la petite Juliette, ne quittaient point l'aiguille tant qu'il faisait jour ; aussi, la nuit venue, était-ce une grande joie pour toute la famille que celle d'aller faire une longue promenade sur les boulevards, pour peu que le temps le permît. Un soir, la mère et les deux filles avaient été jusqu'à la Madeleine et revenaient très fatiguées, quand, tout près de la rue Saint-Denis, elles furent arrêtées, non seulement par un groupe considérable assemblé sur le boulevard, mais aussi par les sons d'une fort belle voix qui partait du milieu de la foule. Une femme, dont un grand voile noir cachait la figure, chantait, en s'accompagnant d'une guitare, un air italien fort difficile, et le chantait avec beaucoup plus de goût et de méthode qu'on ne devait en attendre d'une artiste de ce genre. Aussi, dès qu'elle eut fini, chacun s'empressa-t-il de jeter quelques sous dans le petit panier qu'elle avait posé près d'elle à terre. « Cette femme est vraiment surprenante, dit Léontine ; permettez-vous, maman, que je lui donne une petite pièce de monnaie ? » Et, sur le consentement de sa mère, elle jeta dix sous.

La musique que l'on venait d'entendre fournit un sujet de conversation jusqu'à l'heure de se mettre au lit ; et le lendemain matin Léontine en avait encore l'esprit occupé au point qu'elle demanda à la femme de ménage si cette pauvre créature, qui chantait si bien, était connue dans le quartier. « Ah ! vous l'avez entendue? répondit la mère Boudreau ; n'est-il pas vrai qu'elle a un fameux gosier ? C'est comme un rossignol ; aussi, je m'arrangerais bien d'une de ses soirées pour vivre toute ma semaine.

— Croyez-vous donc, répliqua Léontine, que si la pauvre malheureuse avait pu faire quelques économies, elle continuerait ce triste métier?

— Bah ! bah ! c'est que ça n'a pas d'ordre ; ça dépense, ça boit.

— Vous la connaissez donc? reprit mademoiselle de Rostain.

— Pas du tout ; il n'y a pas plus de six semaines qu'elle vient tous les jeudis sur notre boulevard ; elle n'est pas du quartier. C'est quelque coureuse, voilà tout. »

Léontine ne croyait point au mal et ne pouvait souffrir la médisance ; de plus, le talent de la pauvre femme l'avait séduite, aussi rompit-elle aussitôt cette conversation qui ne diminua rien de sa pitié pour la chanteuse.

Comme avant de s'établir à Francfort, M. de Rostain et sa famille avaient passé deux ans en Italie, Léontine, dont la voix était superbe, avait pris alors des leçons des meilleurs maîtres, ce qui avait prodigieusement augmenté le goût qu'elle avait toujours eu pour la musique. Il était rare qu'en travaillant près de sa mère elle ne fredonnât pas quelques-uns des morceaux qui lui revenaient en tête ; et, le jour dont nous parlons, elle se mit à chanter de suite, et d'une manière vraiment remarquable, celui qu'elle avait entendu chanter la veille par la pauvre femme.

— « Quel dommage, Léontine, dit la

petite Juliette quand sa sœur eut fini, quel dommage que tu n'aies plus ton piano pour t'accompagner !

— Ou du moins une guitare, répondit Léontine. Cette musique italienne ne va pas sans accompagnement. »

C'était la première fois que Léontine exprimait un regret relatif aux agréments de sa vie passée ; aussi madame de Rostain n'y fut-elle pas indifférente, et, deux jours après, étant sortie pour porter, selon sa coutume, l'ouvrage de la semaine, elle remit en rentrant à sa fille chérie une fort belle guitare qu'elle venait d'acheter.

— « Ah ! maman, s'écria Léontine en couvrant de baisers les mains de sa mère, que je me reproche d'avoir parlé de cela !

vous venez de dépenser beaucoup d'argent pour moi, j'en suis sûre.

— Pas beaucoup, mon amour, répondit la pauvre mère, et du moins tu pourras nous faire de la musique; cela me réjouira, Léontine.

Tous les soirs, en effet, Leontine, avant, d'aller se mettre au lit, prenait sa guitare ; elle chantait les airs qui plaisaient le plus à sa mère ou à sa sœur, et cette douce récréation terminait gaîment pour elles et pour celles qui l'écoutaient de tristes et pénibles journées.

L'été tout entier se passa sans apporter aucun soulagement à la position de la petite famille. Il n'était pas question du retour de M. de Sannois; on ignorait même à son hôtel quelle partie de l'Italie il habitait pour le présent. Cependant le travail assidu de madame de Rostain et de ses filles ne suffisait point aux dépenses du ménage, et la faible somme que l'on possédait encore diminuait chaque jour. Léontine qui se refusait presque le nécessaire, suppliait madame de Rostain de ne point renoncer elle-même à une foule de petites choses coûteuses que l'âge et la longue habitude d'une grande fortune avaient rendues des besoins. Ses prières à cet égard étaient d'autant plus instantes, que la santé de cette mère chérie s'affaiblissait visiblement. Madame de Rostain maigrissait d'une manière effrayante ; elle rentrait souvent très fatiguée de sa promenade du soir, qui chaque jour devenait plus courte, mais qu'elle s'obstinait à faire pour que ses filles pussent prendre l'air quelques instants. Bientôt on se borna à faire un tour sur le boulevard le plus voisin et à s'y asseoir pendant une heure. Léontine eut donc tout le temps d'observer la pauvre chanteuse ; elle ne tarda pas en effet à reconnaître que cette femme devait gagner beaucoup d'argent, car un grand nombre de personnes jetaient des pièces blanches dans le petit panier. Léontine commençait à croire que la mère Boudreau pouvait bien avoir raison, quand tout-à-coup la chanteuse cessa de venir ; et plus d'un mois s'étant passé sans qu'elle reparût, Léontine se plut à croire que la pauvre femme avait fait une petite fortune.

L'état de madame de Rostain empirait

de jour en jour; une fièvre lente la dévorait. Enfin elle consentit à consulter un médecin, qui n'hésita pas à déclarer qu'elle était gravement malade, et qui lui défendit surtout de sortir et de travailler. La faiblesse de sa tête ne lui permettant plus de se charger d'aucun soin, Léontine devint la dépositaire d'une dizaine de louis qui restaient encore pour fournir aux besoins de la famille. La pauvre enfant se félicita beaucoup de cet arrangement, attendu que le régime ordonné par le médecin étant fort coûteux, madame de Rostain n'aurait jamais voulu le suivre, si l'on n'était parvenu à lui cacher, non seulement le prix des médicaments, mais les autres dépenses qu'il nécessitait.

Pour comble de malheur, Léontine, forcée de se partager entre les soins du ménage et les soins qu'elle donnait à sa mère, avait à peine le temps de travailler, en sorte que bientôt elle ne comptait plus l'argent qui restait dans la bourse sans verser des larmes. Cette somme ne pouvait suffire au-delà d'un mois ; madame de Rostain, loin de se rétablir, était réduite à rester le plus souvent au lit ; chaque heure qui s'écoulait amenait la misère. Léontine cachait ses cruelles inquiétudes à sa mère et à sa sœur ; toutes les nuits, tandis que Juliette dormait paisiblement à côté d'elle, ses pleurs inondaient sa triste couche ; avec un déchirement de cœur inexprimable elle priait Dieu de venir à leur secours ; mais, dès que le jour paraissait, elle essuyait ses larmes pour entrer dans la chambre de sa mère le visage calme et le sourire sur les lèvres.

Enfin le moment fatal arriva. Quelques sous seulement restaient dans la bourse, et la mère Boudreau, depuis une semaine, prenait à crédit le pain et la viande. Madame de Rostain allait donc mourir faute de secours! Juliette allait mourir de faim! « Mon Dieu! s'écriait Léontine, demain, demain peut-être, je ne pourrai plus leur cacher notre affreuse position! il faudra tout dire! il faudra tout dire! »

La malheureuse enfant venait de desservir le frugal dîner auquel Juliette seule avait touché. Assise près du lit de sa mère, elle restait plongée dans des pensées si douloureuses, que par moments sa raison était prête à l'abandonner. Il ne faisait plus assez clair pour travailler, mais pas encore assez nuit pour allumer la seule chandelle qui restait dans le ménage.

— « Il y a bien longtemps que tu n'as pris ta guitare, Léontine, dit madame de Rostain ; chante-moi donc quelque chose. cela me fera plaisir. »

Quoique bien peu en train de chanter, comme on l'imagine, la pauvre enfant ne voulut pas refuser cette dernière joie à sa mère. Elle obéit ; et, le cœur gros de soupirs, les yeux pleins de larmes, elle chanta les malheurs imaginaires de Robin Gray. Tandis que sa douce et belle voix réjouissait le cœur de madame de Rostain, une idée subite vient la frapper ; elle se rappelle la chanteuse du boulevard. Cette femme a disparu ; celle qui prendrait sa place ferait la même recette, sans doute; mais c'est l'aumône qu'il faut demander! l'aumône! eh bien! oui; Léontine croit devoir tout faire pour venir au secours des êtres chéris dont elle est le seul appui. C'était elle qui, depuis que madame de Rostain ne sortait plus, allait reporter et reprendre de l'ouvrage chez la mercière de la rue Saint-Denis, et toujours elle avait attendu qu'il fît nuit pour risquer ce court trajet dans la rue. Dès le lendemain soir, sous prétexte de se rendre chez cette femme, elle dit adieu à sa mère, la recommanda à tous les soins de Juliette, et, retournant dans sa chambre, elle se couvre d'un grand voile noir, prend sa guitare et gagne le boulevard.

Le cœur de la pauvre petite battait si

violemment, qu'elle craignait de n'avoir pas la force d'exécuter son projet ; mais elle pense à sa mère, à juliette. Elle pose à terre le petit panier, et se met à chanter la romance italienne de *Nina* (1).

Dès les premières mesures plusieurs personnes s'arrêtèrent, et bientôt la foule entoura la jeune chanteuse, chacun exprimant par quelques mots la surprise et l'admiration. Léontine n'aurait point entendu ces éloges, que l'empressement que l'on mit à remplir le petit panier l'aurait assez instruite du succès qu'elle obtenait. Le premier couplet était à peine chanté, que tous ceux qui l'écoutaient avaient contribué selon leurs moyens à la recette, qu'elle

(1) De Paësiello.

jugeait devoir être considérable, aussi chanta-t-elle le second couplet plutôt pour reconnaître la bienfaisance de son auditoire, que dans l'espoir d'obtenir davantage. Un seul jeune homme, en effet, s'approcha quand elle eut fini, et jeta son offrande en prononçant deux ou trois mots qu'elle n'entendit point.

Dès que Léontine fut rentrée, elle se hâta de compter son trésor, et sa surprise égala sa joie lorsqu'elle aperçut, parmi les sous et la monnaie blanche, une pièce d'or. « Vingt francs! s'écria-t-elle, vingt francs et quinze, cela fait trente-cinq! Voilà plus qu'il ne faut pour vivre une semaine. Jeudi prochain j'y retournerai; j'y retournerai tous les jeudis, jusqu'à ce qu'elle ne soit plus malade. O mon Dieu!

ajouta-t-elle en joignant les mains, je vous rends grâce ! c'est vous qui m'avez inspiré cette pensée ! »

Le jeudi suivant, en effet, Léontine retourna sur le boulevart ; dès qu'elle fut arrivée à la place qu'elle avait choisie, elle avait commencé à jouer la ritournelle d'un petit air italien. « La romance de *Nina !* » dit une voix très douce qui se fit entendre près d'elle. — Faisons ce qu'on désire, pensa la pauvre enfant, fort indifférente d'ailleurs sur le choix du morceau. Elle chanta donc la romance : son succès fut le même ; et quand elle se tut, le même jeune homme s'approcha, en sorte que Léontine ne put trouver une nouvelle pièce d'or dans le petit panier sans en attribuer le don à ce généreux amateur.

Madame de Rostain avait laissé au suisse de M. de Sannois une lettre qui renfermait son adresse sous le nom qu'elle portait à Paris, en priant instamment cet homme de la remettre ou de la faire parvenir à son maître dès que la chose lui serait possible. Le jeudi qui suivit celui dont nous parlons, Léontine était résolue à retourner encore sur le boulevart, lorsque dans la matinée une voiture s'arrêta devant l'allée de la rue Saint-Denis. Un monsieur d'un certain âge en descendit, demanda madame Dupré; et dès le soir même madame de Rostain se trouvait transportée dans un magnifique hôtel de la rue de Grenelle, où M. de Sannois lui prodiguait ses soins et se trouvait heureux d'accorder un asile à ses chères parentes.

« Je crois rêver, Léontine, disait madame de Rostain, dont un bonheur aussi inattendu semblait avoir ranimé les forces. »

— Ah ! ma chère maman, répondit Léontine en baisant avec transport les mains de sa mère, jugez combien il était temps que Dieu vînt à notre secours ; il n'y avait plus rien dans la bourse.

Mais la joie de la pauvre enfant ne la troublait pas au point de lui faire ajouter que cette bourse était vide depuis quinze jours ; elle craignit trop d'affliger sa mère et garda son secret.

La mère Boudreau avait reçu l'ordre d'apporter le lendemain matin, à l'hôtel de Sannois, divers effets dont madame de Rostain n'avait pu se charger en quittant son modeste asile. La bonne femme fut exacte; et comme elle aidait Léontine à défaire les paquets et à tout ranger dans les armoires:

— « Je suis bien aise que nous soyons seules, mademoiselle Dupré, lui dit-elle; car j'ai quelque chose à vous conter qui va bien vous surprendre, ma foi!

— Qu'est-ce donc? demanda Léontine.

— Croiriez-vous qu'hier soir, vers les huit heures... oui, il pouvait bien être huit heures, car les réverbères étaient allumés depuis longtemps, comme j'étais à causer à notre porte avec le marchand de marrons, il est venu à nous un beau jeune homme, mis comme un prince, pour s'informer de la jeune chanteuse qui logeait dans notre maison, disait-il, et qui n'était pas venue le soir sur les boulevarts, comme elle faisait tous les jeudis. J'ai eu beau l'assurer que c'te coureuse n'avait jamais logé chez nous, il m'a soutenu qu'il l'avait vue jeudi dernier rentrer dans notre allée ; si bien que, pour lui ôter cette idée là, j'ai été obligée de lui nommer tous nos locataires l'un après l'autre.

— Et vous avez nommé ma mère ? dit Léontine fort contrariée.

— Sans doute, madame Dupré et ses deux filles ; est-ce qu'il y a du mal à cela ?

— Non, si vous n'avez pas eu l'indiscrétion de lui apprendre notre nouvelle adresse.

— Je ne crois pas, dit la mère Boudreau avec embarras, je ne crois pas que... »

Madame de Rostain étant alors entrée dans la chambre, Léontine fit signe à la vieille femme de se taire, et fut obligée de la laisser partir sans en apprendre davantage, ce qui l'inquiétait extrêmement.

Aucune femme ne faisant les honneurs de la maison où M. de Sannois logeait seul avec son fils, il jugea convenable de faire servir ses cousines dans leur appartement, jusqu'au jour où madame de Rostain serait en état de descendre dans la salle à manger avec ses filles. Le frère le plus tendre et le plus généreux n'aurait pu recevoir chez lui sa sœur avec plus de délicatesse et d'amitié que n'en témoignait M. de Sannois à son infortunée parente. Dès le jour même il commença à faire les démarches nécessaires pour obtenir que madame de Rostain fût rayée de la liste des émigrés et reprît ce qui restait encore à vendre de ses biens. Tout lui présageait, disait-il, la réussite de cette affaire ; aussi l'espérance et la joie étaient-elles rentrées dans le cœur de la pauvre mère, qui retrouvait de même ses forces et sa santé Pendant deux ou trois jours néanmoins, M. de Sannois ne lui parla point de lui présenter son fils ; mais, la voyant enfin beaucoup mieux, il demanda la permission d'amener Gustave de Sannois, qui désirait beaucoup connaître ses cousines.

Quoique jeune et militaire, ajouta-t-il, Gustave est aussi prudent que discret ; j'ai cru devoir tout lui dire, d'autant plus que je compte principalement sur lui pour appuyer nos demandes auprès des ministres. »

En conséquence, M. de Sannois monta le soir avec son fils. Gustave joignait à une figure très agréable la tournure la plus noble et la plus élégante. Il lui fallut peu de temps pour acquérir toute la bienveillance de madame de Rostain et de ses filles, auxquelles il montra dès l'abord plus d'amitié qu'on ne devait en attendre d'un parent jusqu'alors inconnu. Il contemplait madame de Rostain ou madame Dupré avec l'air d'un vif intérêt; et plus d'une fois il ramena l'entretien sur l'obscur réduit dans lequel elle avait vécu si longtemps avec tant de courage.

— « Voilà celle qui nous donnait du courage, dit madame de Rostain en montrant Léontine : sans elle, depuis un an, j'aurais cessé de vivre. »

Et tandis que Léontine baissait les yeux avec embarras, Juliette racontait dans le plus grand détail de quel secours sa bonne sœur avait été dans le petit ménage.

— « Assez, assez, Juliette, disait Léontine ; tout cela est si simple qu'il est inutile d'en parler. »

Peu à peu les regards de Gustave cessaient de s'attacher sur madame de Rostain pour se porter sur Léontine.

— « Serait-ce celle qui chantait sur le

boulevart pour les nourrir ? se dit-il avec une émotion de cœur inexprimable. »

Il en fut bientôt convaincu, lorsque madame de Rostain parla de l'époque à laquelle elle avait cessé de pouvoir sortir de sa chambre.

A partir de ce moment, Gustave vint tous les soirs passer plusieurs heures avec ses cousines. De plus en plus il reconnaissait dans Léontine tant de bonté, d'esprit et de raison, qu'il comprit et partagea bientôt le tendre enthousiasme que l'aimable créature inspirait à sa mère et à sa sœur. Il attendait avec une vive impatience l'heure où il lui était permis de monter chez madame de Rostain ; et, pour tout dire, Léontine, de son côté, regardait fort souvent à la pendule. Un soir on parla de musique, et, pour la première fois, Gustave osa demander à Léontine si elle chantait, question dont il s'était toujours abstenu, sans pouvoir s'en expliquer la raison.

— « Certainement elle chante, répondit madame de Rostain, et fort bien ; car elle a pris d'excellentes leçons en Italie ; Léontine, mon amour, ajouta-t-elle, prends ta guitare et chante-nous quelque chose. »

Depuis le dernier jeudi où la pauvre Léontine s'était rendue sur le boulevart, elle n'avait plus fait de musique. La demande de sa mère lui causa une émotion si pénible, qu'elle devint rouge comme du feu. Néanmoins, ne voulant pas exciter de soupçons, elle s'efforça de vaincre son trouble ; et, se levant, les jambes toutes tremblantes, elle alla prendre sa guitare.

— « Que vais-je chanter? » demanda-t-elle.

Gustave s'approcha doucement alors :

— « La romance de *Nina*, dit-il à voix basse.

A ces mots la guitare échappe aux mains de Léontine, qui s'écrie :

— « C'était vous! oh! oui, c'était vous! »

Il fallut bien alors tout dire à madame de Rostain, et l'on peut imaginer l'attendrissement que lui fit éprouver ce récit.

— « Dieu te bénira, ma fille! » disait-elle en couvrant de ses larmes et de ses baisers le front de sa chère enfant.

Le lendemain matin, M. de Sannois vint demander à sa cousine la main de Léontine pour son fils.

— « Que dites-vous, mon ami? répnodit madame de Rostain, pouvant à peine cacher sa joie ; avez-vous songé que vous êtes millionnaire et que je n'ai rien ?

— J'ai songé à tout, répondit M. de Sannois ; si nos enfants ont des filles, Gustave leur laissera cent mille livres de rente, et notre chère Léontine leur laissera sa guitare.

FIN DE LA ROMANCE DE NINA.

ÉLISA ET WIDMER

PAR RODOLPHE TOPFFER.

I

Je vais quelquefois au cimetière : c'est un lieu qui m'émeut plus qu'il ne m'attriste. A mesure que j'avance en âge, il me semble que les liens qui m'attachent aux vivants vont se dénouant, et que d'autres se forment en secret qui m'entraînent vers les morts, cette future société chez qui je vais bientôt descendre.

Dans nos villes protestantes (1), il y a

(1) L'auteur était de Genève.

une heure, le dimanche, où les rues sont tranquilles, les habitations désertes : un silence saint semble planer sur la cité. Pendant que les familles sont répandues par la campagne, cherchant le soleil et le plaisir, quelques fidèles, des personnes âgées, infirmes, celles qui, travaillées de quelque infortune, fuient la foule et le bruit, assises dans l'ombre des parvis, écoutent le service ou psalmodient au Seigneur. Souvent j'entre dans quelqu'un de ces temples pour goûter la fraîcheur sous ses voûtes, pour écouter l'écho mystérieux de la voix qui parle, pour me laisser émouvoir par l'orgue qui prélude, et une fois ému me joindre au saint concert. C'est moi que l'on voit là-haut, seul, sur cette galerie déserte ; je suis connu du sacristain ; il me tient pour un homme singulier, les idées pas absolument saines.

Plus souvent, à cette heure, je ne sais quelle tristesse, me chassant hors de chez moi, me porte vers les champs. Je quitte l'ombre des rues, j'arrive sous la voûte du ciel ; mais la foule me déplaît, ces habits de fête me choquent ; le bruit, la poussière m'attristent ; je tourne vers les lieux délaissés, vers les avenues solitaires ; bientôt mes pas suivent celle où ne passent guère que les morts à leur dernière promenade. J'arrive au seuil, je le franchis et j'erre parmi les tombes.

Ici, ce n'est plus la tristesse, c'est la mélancolie qui pénètre mon cœur, quelquefois un peu amère, plus souvent douce et attendrissante. Je foule aux pieds ces herbes, je passe sous l'ombrage de ces saules, je regarde l'éclat éblouissant des murs blanchis qui ceignent cette solitude, et sans plus de distractions que celles-là, je trouve que les heures coulent rapides et remplies. C'est que, pendant que mes sens sont ainsi occupés, mille rêveries captivent mon cœur, mille figures s'y peignent, mille sentiments y vivent : il est devenu le domaine d'une poésie vague, mais profonde; sinistre, mais émouvante. Il me semble comme si je planais au-dessus de la vie, au-dessus des âges, des destinées, comme si, du ciel, je voyais ces générations diverses que recouvre cette terre que je foule; puis je reviens à moi-même, bientôt foulé par d'autres. Ma jeunesse est finie, le plaisir est usé pour moi; je ne connaîtrai plus les passions brûlantes ni le rire folâtre, mais mon âme a encore de la curiosité pour ce grand mystère de la mort; il l'attire par un charme invincible, et ce triste plaisir survit à tous les autres.

Tout, d'ailleurs, n'est pas sombre dans les souvenirs qu'évoque pour moi cette plaine funèbre. Elle recèle des êtres sous l'aile desquels s'abrita ma joyeuse enfance, et que j'ai trop tôt perdus pour que leur mort m'ait fait des blessures bien cruelles. C'est plus tard qu'on apprend à souffrir; et encore, combien dont la vie n'est qu'une longue enfance! êtres légers que rien ne déchire, parce qu'à rien ils ne sont attachés; êtres heureux, mais d'un bonheur qui ne fait pas envie.

Ainsi c'est sans chagrin que je visite cette place où repose une vieille tante, dont le souvenir lointain, mais présent encore, me reporte à la fraîcheur riante de mes premières années. Infirme, cassée, courbée par l'âge et les soucis, elle touchait au terme de la vie, quand moi j'y entrais tout rempli d'insouciance et de folle joie. J'allais la voir, ses croisées donnaient sur le lac dont les eaux bleues me semblaient ravissantes. De cette retraite, le monde apparaissait à ma jeune imagination comme un séjour tout décoré d'azur et de richesse, comme un brillant palais pour jouer et rire, comme un asile fortuné où volaient les oiseaux de l'air, où les animaux paissaient parmi les fleurs, où l'homme portait toujours en lui une félicité paisible et pure. Aujourd'hui, déçu de ces illusions, elles sont néanmoins si vives dans ma mémoire, que sur cette tombe même qui presse des ossements et de la poussière, elles masquent sous leur brillant réseau la hideuse réalité de la mort.

Pauvre tante! j'ignore à quel degré j'étais son neveu; mais son accent, qui résonne encore à mes oreilles, m'a fait penser plus tard qu'elle était Allemande, parente de mon père, je m'imagine. Elle avait des chagrins : depuis, j'y ai pris part, mais alors, le chagrin! je ne pouvais le comprendre. Le chagrin dans un univers si riant, dans ce beau séjour de fête! Le chagrin chez ma tante, qui élevait deux canaris charmants, qui avait un chat si gracieux, des bonbons dans son armoire, du sucre dans le tiroir! Le chagrin! j'en voyais bien les signes sur sa figure, mais sans en comprendre ni le sens ni la cause. Souvent, assise dans sa bergère, après m'avoir établi à quelque jeu, elle devenait pensive, triste, et si elle se mettait à lire quelques papiers que recélait l'autre tiroir, j'étais sûr de voir des larmes couler le long de ses joues. « Tante, lui disais-je, laissez ces papiers, vous pleurerez. — Oui, mon enfant, répondait-elle; c'est fini. » Elle les replaçait dans le tiroir, mais longtemps encore ses larmes coulaient, en sorte que, contraint par cette vue, je continuais à jouer, mais sans bruit, sans comprendre non plus pourquoi ma tante pleurait encore. Souvenirs qui me touchent! Bonne vieille, dont la bonté m'attirait alors, mais que j'ai depuis tendrement chérie! Songes lointains, que le temps embellit, que l'éloignement colore, qui sont le trésor du cœur et le baume du vieil âge!

Il y a trente-deux ans environ qu'elle est morte. Je crois que je dus la voir bien près de ses derniers moments, car depuis plusieurs mois elle ne quittait plus le lit, que je la visitais encore. Elle n'était pas plus triste qu'auparavant, si ce n'est alors que ses douleurs la tourmentaient. De son lit antique, entouré de rideaux verts, elle veillait sur mes jeux, elle excitait mon babil, elle souriait à ma gaîté; et depuis qu'elle ne se levait plus, j'étais chargé du doux emploi de me servir moi-même dans l'armoire ou dans le tiroir; alors elle riait à voir la sagacité de mes choix qui tombaient toujours sur le plus gros morceau, sur le plus large bonbon. « Tu choisis mieux que moi, » disait-elle. Je l'entends encore.

De temps en temps, elle lisait dans un gros livre à tranche rouge. Un instinct confus me portait à ne pas l'interrompre dans ces moments-là ; je marchais doucement par la chambre, je n'osais déranger le chat qui faisait la roue sur la tablette de la fenêtre, et volontiers je m'accoudais auprès, pour écouter le babil des canaris, dont les sauts et les jeux me récréaient, à défaut de ceux où j'eusse mieux aimé être acteur moi-même. Mais quand j'entendais le gros livre se refermer, je reprenais à l'instant ma liberté.

Ce gros livre, c'était la Bible. Je l'ai

compris plus tard. Comme je la voyais toujours recueillie pendant cette lecture, et plus sereine après l'avoir faite, il m'en est resté une impression ineffaçable de respect pour le livre lui-même, et la conviction des consolations qu'apporte la religion à ceux qui la cultivent par eux-mêmes dans la simplicité de leur cœur. Elle s'est éteinte, ma pauvre tante, mais, j'en suis sûr, comptant sur les divines promesses, aspirant à un monde meilleur, y apportant ses œuvres, ses vertus, ses chagrins, et cette confiance douce qu'ont les belles âmes en un Dieu qui répare et guérit, qui efface les fautes et tient compte des efforts. Non! cette tombe ne m'attriste point; c'est le seuil qu'il faut franchir pour me réunir à ma tante; quand on y portera mes os, déjà vers elle aura volé mon âme, hors des atteintes de la douleur et de la mort.

Quelquefois, durant mes promenades, je m'arrête à considérer les inscriptions qui abondent à l'entour de ces tertres. Il en est qui ne retracent de celui qu'elles recèlent que l'âge et le nom. Chose singulière! ceci m'intéresse. Le nom; j'ignore pourquoi, si ce n'est qu'à tel nom je prête involontairement des traits plus ou moins aimables, et, faisant dériver de ces traits des qualités de cœur, des circonstances dans la vie, des peines ou des joies, la richesse ou la misère, déjà cet inconnu attire mieux ma sympathie que si j'ignorais jusqu'au nom qu'il porta. Mais l'âge, il parle mieux encore. L'âge sur une tombe a un éloquent langage : il dit si ce mortel fut retiré du milieu des plaisirs, saisi dans l'ivresse de ses jeunes ans, arraché aux bras d'une mère, d'une amante ; ou si, déjà parvenu aux limites extrêmes d'une longue vie, cœur éteint, fardeau inutile, il ne fit que passer d'une torpeur caduque au sommeil du sépulcre.

Parmi ces marbres, il en est un qui m'attira dès mes premières visites en ce lieu, et ce qu'il y a de bizarre, avant même que je comprisse le sens des lignes qui y sont gravées, car elles sont écrites en allemand. A la vérité, ayant appris, dans mon enfance, quelques mots de cette langue, j'avais pu déchiffrer la première ligne : c'était une pensée d'une extrême simplicité, mais qui empruntait du lieu où je la lisais, et de la disposition où je me trouvais moi-même, un trait mélancolique que je ne lui eusse point trouvé ailleurs. C'était ce vers :

Das Leben gleicht der Frühlingsblume....

« La vie ressemble à la fleur du printemps. » Bien vrai ! bien tristement vrai ! disais-je en moi-même ; et rapprochant ces mots de divers emblêmes sculptés dans la marge de l'inscription, j'arrivais à me peindre, sous l'image de cette fleur, je ne sais quelle aimable fille se fanant au milieu des hommages, penchant vers le sol, y apportant sa froide dépouille, lorsqu'un nom propre, que je pus lire dans les vers suivants, fixa ces suppositions. C'était un nom de femme, *Élisa.* Je m'attachai aussitôt à ce nom, je lui donnai des traits, je m'associai à ceux qui pleuraient cet être aimable, et déjà, auprès de cette froide pierre, comme entouré d'affligés et d'amis, mon cœur se berçait d'émotions douces et compatissantes. Mais il était tard : le soleil, près de se coucher, ne dorait plus que la crête des tertres : les cyprès projetaient au loin de longues ombres ; la porte de l'enclos se fermait au déclin du jour ; je me levai pour partir. Il m'en coûtait pourtant de me séparer brusquement de cette tombe ; pour en emporter quelque chose, je pris copie des strophes qui s'y lisaient, et je regagnai doucement ma demeure, en savourant la tristesse du seul vers que j'avais compris. Dès que je fus chez moi, ayant allumé ma lampe, j'essayai de découvrir, à l'aide d'un dictionnaire, quel sens renfermaient les autres. J'eus beaucoup de peine à y parvenir; néanmoins j'eusse mieux aimé ne les comprendre qu'imparfaitement que d'aller faner, en recourant à quelque personne indifférente, le charme secret que je goûtais à ce mystère.

A mesure que je pénétrais le sens des strophes, Elisa m'intéressait davantage. bientôt je les sus par cœur, et c'était pour moi une musique pleine de douceur, que de les répéter, malgré l'obstacle que m'opposait la prononciation dans une langue étrangère. Je voulus faire plus, les traduire; mais dès les premiers mots, rebuté par la difficulté, et surtout par l'altération que subissaient, en passant dans notre langue, les traits naïfs et touchants de l'original, j'abandonnai ce projet, et je m'en tins à confier à la mémoire ces vers que voici :

Das Leben gleicht der Frühlingsblume,
Sie gehet auf, und welk'et ab.
Eliſa liegt mit ſtillem Ruhme,
O weint um ſie ! – im frühen Grab.
Sie ſtand verpflanzt auf unſ'rer Erde
Und blühte nicht am rechten Ort,
Damit ſie ganz zum Engel werde
Nahm Gott ſie weg ; — ſie blühet dort.

Quelque temps après je retournai au cimetière, sans autre but que de m'y promener, selon mon habitude, dans mes heures de désœuvrement. Le temps était triste ; les roches de Saint-Jean, grises et mornes, se dessinaient sur un ciel nuageux, et un vent d'orage faisait ployer les herbes de la plaine. Il semblait qu'un souffle de désolation passât sur ces tombes, et dût pénétrer jusque sous l'humide demeure des morts. Dès que je fus entré, un petit chien accourut vers moi et me combla d'amitiés. Je m'assis pour les lui rendre, mais peu après il me quitta, comme déçu de ce qu'il attendait, et il s'éloigna. C'est alors que, le suivant des yeux, j'aperçus un homme à l'autre extrémité de la plaine. Je cheminai de son côté.

C'était un fossoyeur. Il attendait, appuyé sur sa pelle. « Il est à vous, lui dis-je, ce joli chien? — Non; à celui qui est dans cette fosse. Nous l'y avons mis hier; il faut que le chien soit resté auprès : je l'y ai trouvé ce matin... C'est pas le premier! » ajouta-t il.

Pendant que cet homme parlait, je m'étais approché du chien, ému envers cet animal de la plus reconnaissante tendresse. Il restait accroupi auprès de la tombe; le mouvement de sa queue m'accueillait, mais son regard sans gaîté exprimait cette douleur résignée, si touchante chez les animaux qui sont susceptibles de la ressentir. A mesure que je le comblais de caresses, il paraissait plus triste et plus inquiet; à la fin il se mit à hurler sourdement, comme si les atteintes d'une main étrangère lui eussent mieux fait sentir l'absence de son maître. Pour moi, interprétant ainsi l'abattement de ce serviteur fidèle, j'éprouvais, à sa vue, un attendrissement dont je cherchais à dérober les signes au fossoyeur.

« Vous attendez un convoi? repris-je bientôt. — Oui ; et qui tarde à venir. Voici la pluie (quelques gouttes tachaient les tombes)! — Savez-vous qui est ce mort-là? — Non. A coup sûr un cadavre. Nous n'en savons que ça, nous autres. — Vous ne pouvez donc pas m'apprendre qui était le maître de ce chien? — Celui-là, oui ; parce que de son vivant il venait nous voir avec son chien que voilà ; Oscar, qu'il l'appelait (le chien tourna la tête en branlant la queue). Pauvre bête, ça n'appartient plus à personne. Tiens! » Et il lui lança une croûte de pain sec que le chien flaira sans y toucher.

« Si ce chien n'appartient à personne,

dis-je au fossoyeur, je serai bien aise de me charger de lui. — Monsieur ferait bien, vraiment. Et puis, qu'est-ce que ça peut coûter de nourrir une bête comme ça? Pas grand'chose. Je l'aurais retiré, si ce n'est que, nous autres, nous n'avons rien de trop. — Vous m'avez dit que son maître venait vous voir? — Non pas nous, mais sa femme, qui est enterrée là-bas. — Était-il jeune? — Non, et puis cassé, vous m'entendez bien par le chagrin. Un mari comme on n'en voit pas. Il venait pleurer là, de loin en loin, et puis je n'en sais guère plus, sinon que son chien nous tenait compagnie. — Vers quelle tombe allait-il? — Cette noire, sous le saule... »

C'était celle d'Élisa! Au premier moment, les choses que m'apprenait cet homme, venant à heurter l'image sous laquelle mon imagination s'était représentée cette jeune personne, j'éprouvai quelque désappointement : la réalité, quelle qu'elle puisse être n'a jamais le prestige des rêves. Néanmoins, après les premiers instants de mécompte, cette jeune femme, objet de regrets si constants, recommençait à me toucher plus encore ; je me trouvais ému de compassion pour cet homme, qui avait porté tant d'années le poids de la douleur ; et ce chien fidèle, seul survivant à ces êtres infortunés, apportait à cet ensemble un trait inattendu, que mon imagination n'avait pu saisir, mais dont elle s'emparait avec un vif attrait.

« Il faut, repris-je, que vous m'appreniez de ce monsieur tout ce que vous en savez, fossoyeur. — Je vous ai dit tout. Son nom, je l'ignore ; si c'est pour un héritage, vous pourrez l'aller savoir en chancellerie. Un malheureux, vous dis-je ; je n'en sais que ça ; et puis quelques pièces d'argent qu'il nous donnait à l'occasion. — Était-il de la ville ? — C'est à croire ; au fait, je n'en sais rien. »

Pendant que je causais avec cet homme, une vieille femme, vêtue d'habits de deuil, venait d'entrer dans le cimetière. Le chien était accouru vers elle avec des démonstrations de joie extraordinaires ; mais, malgré les instances de cette femme pour l'engager à la suivre, il était revenu s'accroupir auprès de la tombe. Pour elle, visiblement émue, elle semblait répugner à venir le chercher jusque-là, en sorte que, restant à distance, elle continuait à l'appeler. « Mes bons messieurs, nous dit-elle à la fin, pourriez-vous me l'amener, j'ai ici de quoi l'attacher? — Est-il à vous? lui criai-je. — Oui, monsieur, je vous l'assure. — Dites-moi votre demeure, je vous le ramènerai? — Ici près, sous Champel. — Votre nom? — Marguerite. Demandez au *Vieux-Chêne*. C'est là. Mais ne me trompez pas, mon bon monsieur. Ce chien m'a été confié... par mon maître... » Et les pleurs lui coupèrent la voix. J'allai auprès d'elle, je pris l'attache pour m'en servir, et je l'engageai à s'en aller, en lui promettant que, ce jour même, elle me verrait arriver chez elle avec le chien.

Quand cette femme se fut éloignée, je priai le fossoyeur de m'aider. Il tint le chien pendant que j'attachais la corde à mon mouchoir, dont j'avais fait une espèce de collier que je lui passai autour du cou. Le pauvre animal laissait faire, malgré une visible anxiété ; mais quand je voulus l'entraîner loin de ce lieu, il poussa des cris douloureux, et tandis qu'il résistait de toute sa force, son regard expressif et suppliant m'ôtait tout courage. Je renonçai donc à l'emmener de cette manière, et lui ayant bandé les yeux avec mon mouchoir, je le saisis fortement sous mon bras, et je l'emportai ainsi ; tâchant de vaincre par mes caresses la résistance qu'il m'opposait. Vers le portail surtout, j'eus beaucoup de peine à le contenir pendant que nous croisions le convoi qu'attendait le fossoyeur.

Cette douleur des animaux inspire une pitié bien pénible. Si franche, si dénuée de calcul, si pure de tout alliage, tandis qu'elle s'exprime par des signes d'une naïve énergie, elle n'admet pas, comme la nôtre, les paroles de consolation : on la contemple sans pouvoir l'adoucir. Pauvre chien! Je ne pouvais le détromper de l'erreur qui l'enchaînait à cette tombe; en l'en arrachant je semblais lui faire violence, et quand je ne pouvais assez l'aimer, je n'avais droit qu'à ses plaintes et à ses murmures.

Je cheminais par des sentiers solitaires, sous les collines de Champel, demandant aux fermes où était la maison du *Vieux-Chêne*. Bientôt je la reconnus aux indications qu'on m'avait données, principalement à un antique chêne dont l'épais branchage cachait un vieux portail, et couvrait presque en entier, de son vaste ombrage, une petite cour froide et silencieuse. Derrière ce chêne, une maisonnette était adossée à la colline, dont la base, plantée de bois, et couronnée par des sommets nus et inhabités.

Sans doute, ce que je savais déjà du maître de cet enclos influait sur mes impressions; néanmoins l'aspect de cette habition me frappa par un air de tristesse et de nudité. Il n'y régnait ni désordre, ni délabrement, mais elle n'offrait à l'entour aucun de ces traits auxquels on reconnaît l'agrément de la vie rustique, les goûts d'un campagnard qui se plaît à ses fleurs, à ses arbustes, qui embellit son petit domaine et s'y crée un séjour à son gré. On n'y voyait ni parterre, ni basse-cour ; point d'outils champêtres, point de potager ni d'enclos, mais un gazon épais, et, jusque vers le seuil de la maison, des orties, des bardanes et quelques plantes sauvages végétaient sous l'ombre humide du vieil arbre. Quand j'entrai, une belette traversait la cour.

La bonne vieille, entendant quelque chose, parut à une fenêtre du premier étage. « Je monte, lui dis-je, ne descendez pas, voici votre chien. » Elle vint à ma rencontre, et je la suivis dans une chambre haute, où elle était occupée à mettre en ordre des hardes et des papiers. Elle quitta tout pour le chien : heureuse de le revoir en sa possession, elle m'adressait des remerciements les larmes aux yeux, tout en prodiguant ses caresses à l'animal, qui, inquiet et préoccupé, n'y répondait que par un faible mouvement de queue, et retournait à chaque instant vers la porte, que nous avions eu soin de fermer. Elle lui présenta une tasse de lait qu'il lapa avec avidité.

« Êtes-vous seule ici? dis-je à cette femme. — A présent, oui, me répondit-elle. J'avais un maître, Dieu l'a retiré. — Mais votre maître n'avait-il pas des parents, des amis? — Des parents, plus; et des amis, rien que moi, sous votre respect. Anciennement il avait sa belle-mère; celle-ci morte, il me prit à son service et nous vînmes ici. Il y vivait retiré, ne voyant personne; à défaut de famille, c'est mon frère et les voisins qui ont accompagné le cercueil. — Ce que vous me dites, bonne femme, excite vivement mon intérêt ; et puisque le hasard m'a appelé à vous rendre un petit service, faites-moi, en retour, le plaisir de me raconter ce que vous savez de ce maître que vous pleurez.

— C'est pour moi que je le pleure, dit-elle, mon bon monsieur : pour lui, la mort l'a délivré ; il n'aimait plus la vie. Quant à son histoire, je vous dirai ce que j'en sais : peu de chose. Il ne causait jamais de ses chagrins ; ce que j'en ai appris, c'est d'ailleurs. Tout jeunes, ils s'étaient aimés avec une jeune demoiselle, se promettant d'être l'un à l'autre, mais ils n'avaient point de fortune. Il prit un état, travailla de bon courage pendant bien des années, et, une fois ses affaires avancées, ils s'épousèrent. Je ne les ai pas connus dans ce temps, si ce n'est qu'un jour, je vis cette dame, bien jeune et bien pâle, qui regardait à cette fenêtre. C'est pas bien loin de là qu'elle mourut. Son mal, je ne l'ai jamais su. Mais de ce jour mon pauvre maître a gémi, et vécu de regrets... Voici deux ans qu'il déclinait, ne me parlant plus, jamais.... Il y a huit jours... huit jours seulement, monsieur, qu'il m'a dit :... « Marguerite!... c'est bientôt fini... »

La bonne femme s'arrêta quelques instants, pour donner cours à ses larmes.

« Je vais te délivrer de moi... reprit-elle en continuant son récit... Je suis étonné de vivre encore... » et des propos ainsi, à fendre le cœur, mon bon monsieur, et auxquels que pouvais-je dire, sinon pleurer ?... A mesure qu'il s'est senti plus près de mourir, il me causait plus souvent; deux fois il m'a pris la main, ça ne lui arrivait jamais, de façon que je croyais le voir reprendre vie; mais, quoique j'aie pu faire, il n'a point voulu voir le médecin, disant que, grâce à Dieu, son heure était venue; qu'il ne l'avait pas avancée, mais qu'il ne voulait pas la reculer. « Marguerite, a-t-il dit, ma vie a été brisée quand je croyais toucher au bonheur... Ce qu'elle a été depuis, tu l'as vu, trouves-tu que je puisse la regretter?... Que les heures coulent;.... chacune m'approche du terme où j'aspire...

Elisa m'attend... elle m'appelle... je vais

la rejoindre, et cette fois pour toujours! »

La bonne femme s'arrêtait souvent, interrompue par ses pleurs; moi-même, touché par ce récit, je me laissais attendrir, en sorte que, oubliant tous les deux que nous nous parlions pour la première fois, cet entretien prenait peu à peu le charme d'un confiant abandon, et je voyais avec plaisir le soulagement qu'éprouvait Marguerite à me parler de son maître.

« C'est vendredi qu'il est mort, continua-t-elle, vers dix heures du soir. Le matin il s'est encore assis sur son lit... Il m'a dit quelque chose que je ne répéterai point, mais que je n'oublierai pas non plus.... — Parlez, je vous prie, à moins que ce ne soit un secret qu'il importe de ne pas révéler. — Non, Monsieur, mais ce sont des termes dont je n'étais pas digne... « Marguerite, il faut nous dire adieu ; tu trouveras, où je t'indiquerai, un souvenir de moi... mais ce que j'emporte de reconnaissance pour tes soins et ton affection, je ne puis rien te faire ni te dire qui en soit la mesure... Je te dois de n'avoir pas mis fin à mes jours... Si je pouvais regretter cette terre, ce serait pour toi, Marguerite..... mais nous nous reverrons aussi... » et il m'a embrassée.

Après quoi, il m'a dit d'ouvrir un tiroir de son bureau. Il y avait un paquet de let-lettres, dont la vue l'a beaucoup troublé, en sorte que, faible comme il était, il n'a pas pu me parler tout de suite, il me faisait signe d'attendre : « Va chercher du feu, a-t-il repris, et brûle-les là, devant moi. » J'ai fait comme il disait. — Et vous, n'avez-vous point su ce qu'étaient ces lettres ? — J'ai présumé que c'étaient celles qu'il écrivait à son amie, dans sa jeunesse, car sur l'une d'elles il y avait pour adresse : *A mademoiselle Elisa Meyer.*

— Meyer, êtes-vous sûre de ce nom ? — Oui, je sais d'ailleurs que c'était le nom de fille de cette dame. — Etait-elle de ce pays ? — Non, pas née ici ; mais elle y était venue avec sa mère... — L'avez-vous connue, sa mère ?... — Non, elle était morte lorsque je suis entrée au service de mon maître ; mais c'est bien son nom, je l'ai vu sur son linge dont monsieur avait hérité : il est aussi sur ce livre...

— Ma tante! m'écriai-je, c'était la bible à tranche rouge. » Et aussitôt toutes les émotions que je venais d'éprouver se liant tout à coup aux souvenirs de mon enfance, je demeurai quelques instants sous l'empire de la surprise, du trouble, et de je ne sais quelle douceur que je trouvais à entrer en quelque part dans les récits que je venais d'entendre. Bien que j'éprouve de la répugnance à mêler mon insignifiante histoire à celle d'êtres si dignes d'intérêt, il faut pourtant que j'en dise ici quelques mots, pour expliquer cette ignorance où je me trouvais de faits qui tiennent à ma propre famille.

J'avais déjà perdu ma mère à l'époque où j'allais chez ma tante, et c'était sans doute pour suppléer aux douceurs maternelles dont j'étais privé chez moi que cette excellente femme m'attirait auprès d'elle, malgré ses chagrins, et supportait avec tant de patience la pétulance de mon jeune âge. Elle m'avait quelquefois parlé d'une fille à elle ; mais ne l'ayant jamais vue, ce vague souvenir était presque entièrement sorti de ma mémoire.

Après la mort de ma tante, j'entrai bientôt dans l'adolescence. Livré aux jeux et aux compagnons de mon âge, j'avais d'autant moins d'occasions de cultiver des relations de famille, que mon père, au milieu du dérangement de ses affaires et de quelques dérèglements de conduite, les avait lui-même rompues, et ne mettait aucun intérêt à me les faire entretenir. Insensiblement j'étais devenu tout-à-fait étranger à ma propre famille, lorsqu'après une jeunesse orageuse, l'évènement qui a décidé du reste de ma vie contribua encore plus que tout le reste à me faire perdre la trace des parents qui pouvaient me rester alors.

L'amour est toujours pour beaucoup dans notre destinée : il s'empare du cœur au commencement de la vie ; il l'embrâse, le domine et s'en joue, comme le vent d'une feuille légère. Le jeune homme livre ses beaux jours à ce maître perfide, il se donne à ce guide aveugle, il entre à sa suite dans des sentiers dont les abords, toujours aimables et fleuris, masquent des issues bien diverses. Même pour les plus heureux, les fleurs vont se fanant, le ciel perd son éclatant azur ; la route, en se prolongeant, devient difficile ; mais jusqu'au dernier terme ils ont eu des fruits à cueillir et à savourer ; à l'ivresse passagère ont succédé des biens moins brillants, mais plus durables Pour les autres !.. que de déceptions, que d'amers mécomptes, que de longs soupirs leur apprêtent ces courts moments d'enivrants transports ! Combien s'avancent, par ce sentier fleuri, vers les bords ingrats, vers la grève désolée, vers l'affreux abîme ! Combien, sans même avoir goûté quelques instants d'une félicité pure, ne sortent du trouble de la passion ou des angoisses de la jalousie que pour n'atteindre plus qu'à un calme sans douceur ! Malheureux ! l'âme flétrie, le cœur épuisé, dépouillés, avant le temps, des illusions qui eussent été longtemps encore leur partage et leur joie...

C'est à ces derniers que j'appartiens. Comme une coupe remplie d'un généreux breuvage, mon cœur s'est versé tout entier dans un premier amour ; il n'y est resté qu'une lie amère..... Ainsi, vieilli avant l'âge, étranger aux affections qui pour d'autres embellissent l'existence, aux soins et aux devoirs qui pour d'autres ont de l'attrait et du prix, je végète sur cette terre, peu jaloux d'y demeurer, sans envie d'en sortir ; car ici-bas, ni là-haut, je ne puis la rejoindre. Plus à plaindre peut-être que cet homme sur lequel je pleurais il y a peu d'instants encore, si je coule des jours moins sombres, je n'ai pas comme lui l'espoir qui allége les douleurs... mon exil est sans terme. Ainsi je cherche la solitude, ainsi je vais aux lieux délaissés, j'entre au cimetière, j'erre parmi les tombes, parce qu'à ces funèbres plaisirs je trouve encore quelque saveur ; ma tristesse s'y nourrit, mes regrets s'y tempèrent, mes souvenirs s'y abreuvent, sans compter cette sombre joie que goûtent les âmes désolées à contempler les ravages de la mort et les plaies de l'humanité.

Dans une jeunesse livrée sans frein à ses impétueux penchants, j'avais connu le vice, mais non pas l'amour ; mon cœur était neuf encore, lorsque m'apparut celle qui devait lui faire connaître le délire de la plus ardente passion. J'aimais, j'adorais ; je connus l'ivresse des serments, le doux leurre des promesses, la véhémence des transports..... Mais que vais-je faire! Raviver ma plaie, remuer ce trait qui y demeure, la faire saigner encore..... Non; qu'il me suffise de dire que j'avais pris soin, par mes désordres, de me fermer les voies à une honnête union; je n'avais ni le rang, ni la richesse, avec lesquels la morale et les préjugés composent; ses parents l'éloignèrent de moi. Elle voulut lutter, garder sa foi;... mais trop faible ou trop peu éprise, elle la trahit et fut pour un autre. J'en reçus l'annonce de sa main même, et dès le lendemain je quittais les lieux funestes où mon amante m'était ravie.

Il y a deux ans que la mort l'a frappée. Je suis revenu; mais étranger aux hommes et aux choses de mo npays, sans relations anciennes et sans désir d'en former d'autres. Mon père était mort durant mon absence, je recueillis la petite succession de ma mère; et tandis que j'aurais été disposé à fuir des proches parents, je n'avais garde de m'enquérir de ceux dont j'ignorais jusqu'à l'existence. J'en ai du regret. Si j'avais connu l'homme dont je n'ai appris l'histoire que sur sa tombe, j'eusse trouvé du charme à porter mes douleurs auprès des siennes; dans cet infortuné, j'eusse rencontré peut-être l'ami qui me manque, et que je ne saurais chercher parmi ceux qu'un sort plus prospère me rend étrangers.

Je fis ce récit à la bonne femme, pour lui expliquer l'étonnemement que j'avais manifesté à la vue du livre, et je vis que l'idée de rencontrer un parent de son maître souriait à son cœur aussi bien qu'à sa probité. « Vous me faites plaisir, me dit-elle, mon bon monsieur ; j'avais quelque scrupule à me trouver seule ici avec les effets de mon maître. D'ailleurs j'ignore ce qu'il faut faire..... Je comptais aller aujourd'hui chez le monsieur qui lui apportait son argent : c'est maintenant inutile, si vous voulez bien prendre en main les affaires de votre parent.

— Je n'en ai pas le droit, lui répondis-je ; mais vous ne m'avez pas dit s'il vous a laissé quelque ordre ? — Oui, monsieur ; le même jour, après que j'eus brûlé les lettres, il me dit qu'après sa mort je trouverais, dans ce tiroir, un papier cacheté où étaient écrites ses dernières intentions. Il y est, le voici. — Et vous ne l'avez pas ouvert ? — Non ; je ne voulais pas le faire sans témoins, et puis j'en étais peu pressée... ce papier fermé me faisait effroi.—Il est à votre adresse, voulez-vous l'ouvrir, ou préférez-vous que ce soit moi ? — Faites, » dit-elle.

J'ouvris le papier. Il en contenait d'autres, mais sur l'enveloppe étaient quelques lignes adressées à Marguerite. Je lui en fis lecture, pendant que la pauvre femme fondait en larmes. Les voici :

Ma bonne Marguerite.

« C'est à toi que je confie les papiers inclus. Après que tu m'auras fermé les yeux, lis ce qu'ils contiennent, et porte-les aussitôt chez M. le notaire Pigalle, à qui je recommande tes intérêts dans l'incluse que tu lui remettras. Je désire que tu te reposes et que tu ne serves plus.

« Adieu, Marguerite; quand tu liras ceci, ton maître sera heureux. Souviens-toi de lui pour l'aimer et non pour le plaindre.

« Ton reconnaissant ami,

« Charles Widmer. »

Les autres papiers étaient ouverts, excepté la lettre au notaire; j'en fis lecture à Marguerite : l'un contenait un état des propriétés du défunt; l'autre, ses dispositions testamentaires. Comme ce dernier écritpeut offrir quelque intérêt à ceux qui auront poursuivi jusqu'ici la lecture de ce récit, j'en transcris les deux seules dispositions qu'il contenait.

« Ne laissant aucun héritier, je lègue mes biens, dont le détail ci-contre, par deux parts égales, l'une aux indigents de la commune où est sise ma maison, l'autre à Marguerite Besson, désirant reconnaître en faible partie les soins qu'elle m'a donnés durant vingt années. Je désire, sans en faire une condition, qu'elle possède et continue d'habiter cette maison, ou nous avons vécu ensemble. Je lui lègue, en outre et en sus de sa part ci-dessus, tout le linge, l'argenterie et le mobilier existant dans mon domicile, au jour de mon décès.

« J'ai hérité de ma femme et de sa mère

la somme de trois mille francs, et divers objets dont le détail ci-contre. J'ignore si M. Louis Lemarne, cousin de ma femme, vit encore : c'était, depuis la mort de son frère, son plus proche parent ; à défaut de lui, ou d'autres ayants droit, cette partie de ma succession retournera, par égale part, aux héritiers ci-dessus désignés. »

C'était moi que désignait ainsi le testament de M. Widmer. Ainsi, à chaque instant, par des chemins cachés jusqu'à ce jour, je me rapprochais davantage de cet homme infortuné, de sa jeune épouse, de ma chère tante, et, par un hasard non moins étrange, je devenais le possesseur de cette Bible, de cette bergère, de ces antiques meubles, dont la vue me faisait rebrousser au travers des vicissitudes de ma vie, jusqu'aux riantes journées de mon premier âge. Le livre surtout me semblait un précieux trésor ; bien souvent je l'avais regretté, j'avais songé que j'eusse aimé y lire comme ma vieille tante ; à son exemple, y puiser du calme et de la sérénité, et, en retrouvant d'une manière inespérée cet ami d'enfance, je me promettais avec douceur de cultiver son commerce et de ne m'en plus séparer.

A mesure que ces choses se découvraient, je voyais Marguerite m'envisager par degrés d'un air plus respectueux, et perdre de cet abandon familier qui avait jusque-là donné de l'attrait à notre entretien. Il semblait comme si l'autorité que son maître avait eue sur elle eût passé en moi, et qu'en héritant de quelque partie de son bien, j'eusse hérité pareillement de ses droits à la soumission et aux égards de sa servante fidèle. Elle s'était levée, et ayant doucement replacé sa chaise contre la muraille, elle se tenait debout devant moi, et paraissait attendre que je lui adressasse la parole : « Marguerite, lui dis-je, vous l'amie de M. Widmer, je vous en prie, reprenez votre place, et sachez vous persuader que vous êtes ici maîtresse, bien moins encore par ce papier que par vos vertus et par votre caractère, qui vous rendent digne de tout respect. » La bonne femme se rapprocha alors, mais bien plus par soumission et pour me complaire, que par acquiescement aux choses que je lui disais, car son cœur, plus modeste encore que dévoué, était généreux par instinct et grand à son insu.

Je m'occupai aussitôt des affaires de la succession, et des moyens de mettre Marguerite en possession de sa petite fortune. Je n'eus aucune peine, grâce au zèle que je rencontrai chez M. Pigalle, dont le cœur honnête et plein d'humanité avait compris sur-le-champ tout ce qu'il y avait de sacré dans les recommandations de M. Widmer, Je retirai Marguerite chez moi pendant l'apposition des scellés; et au bout de quelques semaines employées aux formalités indispensables, et à faire une exacte division des biens, je revins pour l'établir dans la maisonnette de M. Widmer. Après ces jours d'absence, elle n'y rentra pas sans une vive émotion, et sa douleur, renouvelée par la vue de ces lieux déserts, éclata en bouillants sanglots. Insensible à l'aisance de sa position nouvelle, elle n'avait de pensées que pour le passé ; elle pleurait amèrement son maître, et semblait se déplaire à vivre désormais sans le servir ; en sorte que j'entrevoyais encore, dans cette digne vieille, une dernière victime destinée à se consumer dans le chagrin d'un attachement rompu.

« Marguerite, lui dis-je, ne vous laissez point aller à ces regrets amers pour un maître que vous savez être heureux maintenant. Puisez de la force dans la conscience de ce que vous avez été pour lui, et respectez ses vœux qui ont été que vous goûtassiez enfin la paix et la liberté, au milieu d'une aisance que vous avez si bien gagnée. » Mes paroles, en lui rappelant les bontés de son maître, ne faisaient que provoquer plus abondamment ses pleurs. C'est alors que, selon l'intention que j'en avais formée pendant son séjour chez moi, je lui fis part d'un projet qui souriait à mon cœur.

« Écoutez-moi, Marguerite, repris-je. Ces meubles qui m'appartiennent ici, je ne veux point les en retirer, mais plutôt je désire venir vivre avec vous, avec eux, si ce projet vous agrée... — Ah! monsieur, me dit-elle aussitôt, comme cela, je veux bien rester ici, mais autrement, impossible. Prenez-moi à votre service, faites-vous le maître ici, alors je pourrai continuer d'y vivre... Vous aimez M. Widmer, il me semblera que je le sers encore,... que je lui suis quelque chose. — Je le veux bien, Marguerite, mais voici à quelles conditions : je vous payerai mon logement à sa valeur, sans plus, mais sans moins. Quant à votre service, pour vous prouver que je veux être votre ami et non pas votre maître, je l'accepte de grand cœur, et sans vous offrir de gages. Je suis seul, j'ai eu aussi mes chagrins qui me séparent du monde, j'éprouve le vide d'une affection qui me console et me récrée, et je puis mieux la rencontrer en vous qu'en tout autre ; ce sont là les motifs qui me font désirer d'achever ma carrière dans cette retraite, et de mettre en commun mon existence avec la vôtre. Vous ferez notre petit ménage, je tiendrai en main vos intérêts, et cette réciprocité de service nous attachera encore plus l'un à l'autre. Voici, ajoutai-je en caressant le chien, notre ami commun, Marguerite, vous ne voudriez pas me le céder ; j'aurais regret à vous le laisser : arrangeons-nous pour le posséder à nous deux.... »

Mes paroles contentaient visiblement Marguerite. Dès ce moment, elle reprit plus de calme, et, rentrée dans une condition plus analogue à ses habitudes, elle vaquait à divers soins qui la distrayaient de ses regrets. Le dévoûment était un besoin pour ce cœur aimant et modeste : servir un maître, soigner quelqu'un, s'oublier pour un autre, c'était pour elle l'emploi et le but de ses journées ; et sans être capable de s'élever au-dessus de l'état de domesticité, elle ennoblissait cette humble condition, et lui donnait plus de vraie grandeur qu'il ne s'en trouve dans celle même des bons maîtres.

Après avoir consacré quelques jours à ces nouveaux arrangements, je vins me réunir à Marguerite, goûtant un charme plein de douceur et de sécurité à entrer dans ce séjour avec le projet de n'en plus sortir. J'y arrangeai ma vie, j'y disposai selon mon gré les meubles de ma tante dans la pièce que je voulais habiter, et je jouis du plaisir, depuis longtemps perdu pour moi, d'une société qui m'effarouchait par ma tristesse, et d'une amie qui mangeait à ma table. Quelque temps après, nous fîmes ensemble une visite au cimetière, d'où nous revînmes tristement le soir, suivis du chien qui nous avait adoptés pour ses nouveaux maîtres.

Dans les meubles qui m'étaient échus, se trouvaient les papiers de ma tante, et, parmi ces papiers, des lettres de sa fille et de M. Widmer. J'avais mis en réserve, pour mes prochains loisirs, de les parcourir, d'y recueillir, avec une avide curiosité, ce que j'y pourrais apprendre de cette Élisa si tendrement aimée. Dès que nous fûmes établis dans notre demeure, je procédai à cette tâche intéressante, je fis le dépouillement des papiers, et bien qu'il s'y trouvât beaucoup de lacunes, je pus néanmoins retrouver la trace de cet attachement profond, commencé sur la terre, rompu par le sort, et résistant à l'épreuve du temps pour se renouer dans le ciel.

Bien souvent, durant ce travail, je fis d'amers retours sur moi-même. Non ! ce n'est point le trépas qui, brisant les nœuds de l'amour, fait au cœur les plus sanglantes plaies... les serments violés, une félicité qui fuit sans retour, des regrets sans espoir, voilà ce qui porte la mort jusque dans le cœur lui-même. Je veux, puisque j'ai entrepris ce récit, poursuivre encore, dire ce que je sais de ces deux amants, et clore ainsi ces pages trop remplies de moi. Que si je ne répugnais à trahir le mystère de leurs touchantes amours, je laisserais parler les lettres mêmes que je possède ; car quel récit pourrait atteindre au charme de ces lignes tout imprégnées de tendresse et de grâce, où l'ingénuité, la fraîcheur, l'énergie de l'adolescence se montrent sous leurs plus aimables traits, où la confiante sécurité de cet âge fait un si émouvant contraste avec une séparation affreuse et prochaine? Mais je ne puis; j'aime mieux affaiblir ce charme que de le profaner.

Élisa Meyer était née à Zurich, et y avait passé sa première enfance. Son père, homme aimable, et rempli lui-même d'attachantes qualités, avait pris en affection singulière cette enfant, et s'était plu à cultiver en elle d'heureuses dispositions qui enchantaient sa tendresse. Mais il paraît que, parmi des soins éclairés d'ailleurs, il se livra trop au plaisir de développer de bonne heure la sensibilité de sa fille, et d'en recueillir les fruits précoces. A l'âge où ses compagnes n'étaient encore qu'enjouées et folâtres, Élisa connaissait mille sentiments forts ou délicats, et son âme exaltée rêvait déjà l'héroïsme de l'amour, du dévouement, de la foi jurée ; aussi, quand au bout d'un petit nombre d'années, son père lui fut enlevé, le chagrin accabla cette frêle enfant, et elle faillit le suivre. Elle n'avait que dix ans alors ; j'ai sous les yeux un portrait d'elle, fait à cette époque : ses traits sont remplis de grâce et de finesse, mais il est facile de reconnaître, à l'expression de ses yeux, au mélancolique sourire de sa bouche, à je ne sais quelle auréole de sérieux qui semble entourer son pâle front, que cette enfant avait déjà franchi son âge, et que son cœur devait connaître de bonne heure des passions profondes.

C'est après la mort de son époux que ma

tante, désirant se rapprocher de sa famille, vint se fixer ici. Elle y connut ma mère, et je me souviens qu'elle lui conservait un souvenir plein d'affection et d'estime. Occupée de l'éducation de ses deux enfants, elle cherchait à ralentir le développement trop hâtif de sa fille, et à assurer les progrès de son fils, moins âgé qu'Élisa. Un jeune homme donnait des leçons à celui-ci. Pauvre, mais instruit et estimé, il devait à une protection que lui avaient mérité sa conduite et ses talents, d'avoir été introduit dans la maison de ma tante. C'était Widmer. Élisa assistait souvent à ses leçons : elle écoutait d'une oreille avide ses enseignements, mieux à la mesure de son esprit que les futiles connaissances qu'elle recevait des maîtresses à la mode ; peu à peu son intérêt s'étendait au maître lui-même : elle le questionnait, elle aimait à l'entendre, et ce jeune homme, captivé par l'intelligence et les grâces de cette aimable écolière, s'abreuvait à longs traits du charme puissant qu'il ne s'avouait pas encore. Sans doute, dès-lors, ma tante avait deviné ce penchant naissant ; mais, tendre mère et femme sans préjugés, elle entrevoyait dans cet honnête jeune homme, celui qui, destiné à fixer les affections de sa fille, lui présentait d'ailleurs les plus sûres garanties pour son bonheur.

Elisa avait environ quatorze ans, Widmer en avait seize. Déjà ils s'aimaient de cet amour que sa pureté même exalte, et d'après une lettre de ma tante à Widmer, je conjecture, que dans leur ingénuité ces deux enfants n'avaient point cru mal faire en s'avouant leur penchant, et en se jurant une éternelle tendresse. Dans la lettre dont je parle, ma tante, instruite par les aveux spontanés de sa fille, tient à Widmer un langage plein d'indulgence et d'élévation ; elle ne risque point, par un blâme imprudent, de lui inspirer de la défiance sur un acte qu'elle sait pur et honnête ; seulement elle l'instruit des choses que commandent les convenances, elle l'éclaire sur sa position, sur les efforts qu'il doit faire, sur les ménagements qu'exige le caractère trop sensible de sa fille ; et, sans engager encore sa promesse, elle lui fait entrevoir que cette union peut devenir le prix de son avancement, de sa conduite et de son honnêteté. Je ne m'étonne pas que, tempéré par les avis de cette femme aussi sensée que tendre, le penchant de ces deux jeunes gens ait pris par degrés cette force intime, contre laquelle devait se briser l'assaut des ans et de la destinée.

Widmer, transporté par cette espérance, s'adonnait sans relâche au travail; l'ambition, voilée sous les dehors de l'amour, emportait son zèle vers les hauteurs de l'étude, et déjà, entre les jeunes gens de son âge, on le remarquait comme appelé à fournir une carrière brillante. Outre le courage qu'il puisait à ses feux, Elisa l'avait enflammé du sien propre, pour tout ce qui est grand, noble et digne d'enthousiasme; l'exaltation de cette jeune fille avait passé en lui pour s'y accroître encore; c'était elle à son tour qui modérait les transports qu'elle avait fait naître, et qui retardait l'essor de son amant. Dans ce commerce élevé, leurs âmes, dignes l'une de l'autre, se confondaient ensemble, s'unissaient par tous les points, et sans doute ils étaient déjà bien loin de ces temps où leurs bouches croyaient devoir engager l'avenir par de mutuels serments. Il ne s'agissait plus de promesses, et déjà ma tante voyait avec quelque effroi ces deux vies dépendre l'une de l'autre. J'en trouve la preuve dans les lignes que lui adresse à ce sujet Widmer. Ce malheureux, avec cette sécurité téméraire qu'inspirent les sentiments forts, rassure la mère d'Elisa; il semble braver la destinée, il défie ses coups, et, abusé par une passion qui l'élève passagèrement au-dessus de l'humanité : « Qu'importe, écrit-il, qu'importe que nos corps puissent être pendant quelques jours séparés par la mort, si nos âmes sont à l'abri de ses atteintes ! Que l'une précède l'autre dans le ciel, c'est pour l'attendre, et, dans cette attente même, auraient-elles cessé d'être ensemble, d'être l'une à l'autre, de se chercher, de se rencontrer sans cesse ! Chassez ces craintes, chère maman, elles sont indignes d'un amour dont la flamme pure et céleste peut être attisée, mais jamais éteinte par l'impuissante haleine des vents qui soufflent sur cette terre. »

De cette époque, ces craintes de ma tante avaient pris à ses yeux un degré de réalité qui la préoccupait beaucoup. A divers signes, elle croyait reconnaître chez Elisa les indices secrets de quelque dépérissement. Une pâleur plus habituelle avait remplacé les tendres couleurs de ses joues; quelque maigreur s'était mêlée à la finesse de ses traits, et, tandis qu'un air plus frêle s'attachait à son visage, le feu calme et profond de son regard indiquait trop qu'une âme ardente minait lentement ce corps si gracieux et si fragile. Bientôt ces craintes devinrent assez fortes pour provoquer des soins qui en révélèrent le sujet à Widmer. Par le conseil des médecins, ma tante dut conduire sa fille dans des climats plus doux, où néanmoins le voisinage des monts mêlât à la chaleur de l'air son influence vive et restauratrice. Dès le printemps suivant, elles partirent pour la cité d'Aoste, petite ville du Piémont voisine des gorges du grand Saint-Bernard, et où la proximité des Alpes tempère la chaude haleine des vents d'Italie. Les deux amants se séparèrent ; triste essai de la séparation plus longue dont ce jour était le présage.

Mais pour les cœurs passionnés, tout est aliment à la flamme qui les dévore. Dans ce nouveau séjour, Elisa, loin de Widmer, se consumait de l'impatience de le rejoindre ; contrainte de ne plus le voir, de ne plus lui parler, elle suppléait à ces douceurs par l'essor de sa pensée, constamment présente aux rives où elle savait que Widmer coulait un ingrat exil ; elle observait en regard de son amant ces lieux nouveaux, cette peuplade étrangère, ce pittoresque assemblage de ruines romaines et d'habitations modernes qui caractérise la ville d'Aoste; elle s'émouvait à contempler, si voisines de ce vallon fleuri, les cimes neigeuses des grandes Alpes, et, jalouse de n'éprouver rien où son ami ne fût en part, elle passait les longues heures du jour à lui retracer ses impressions, mêlant les poétiques descriptions de ce séjour aux expressions passionnées d'une tendresse que la distance rendait moins timide. Au milieu de cette vie de trouble, d'émotions, de sentiments brûlants, la douceur du climat devenait impuissante à défendre le corps contre les ravages du cœur; Elisa s'affaiblissait: déjà elle supportait moins la fatigue des promenades et du travail, déjà elle se privait avec amertume de tout écrire, et son exaltation combattue par le déclin de ses forces, se tournait souvent en des pleurs involontaires, en un attendrissement amer non moins contraire au retour de sa santé.

Créature aimable, touchante fille, qui t'inclines ainsi vers le tombeau! tendre fleur qui va te fanant, encore toute parée de dons et de grâces! frêle rameau bientôt détaché du jeune arbre qui te servait d'appui!... J'ai peine à poursuivre : la tristesse serre mon cœur, les larmes troublent ma vue... Si du moins je pouvais retarder cet instant qui s'avance,... vous conduire vers ces cyprès en vous en masquant l'approche... Je ne puis; le mystère voile de son ombre ces derniers beaux jours : pour recueillir les rares fleurs dont ils furent semés encore, il faudrait que le feu rendît ces lettres qu'il a dévorées pour toujours.

A l'approche de l'hiver, ma tante délibéra si elle devait ramener sa fille à Genève, ou la conduire vers des contrées plus éloignées des frimas. Widmer le voulait, il écrivait qu'il allait les rejoindre, qu'il attendait tout du doux soleil de la Toscane. Déjà il s'était mis en route, mais arrivé à Martigny, une lettre de ma tante le prévint de leur prochain retour, en le chargeant de chercher aux environs de la ville une maison bien exposée. Il paraît qu'Élisa, pressée déjà par de sinistres pressentiments, avait voulu s'assurer de revoir le ciel de sa patrie et les lieux témoins de ses premiers serments. Elles se mirent en route par la plus courte voie : c'était le grand Saint-Bernard ; mais, déjà trop faible pour se soutenir sur une monture, Elisa fut portée en litière jusqu'à l'hospice. Sa mère, montée sur une mule, ne quittait pas ses côtés, dévorant en secret ses douleurs, et affectant un courage qui venait échouer contre les caresses de son angélique fille.

Cependant Widmer, ayant loué la petite maison qu'il a possédée depuis, avait tout préparé pour y recevoir Elisa et sa mère. Ce jeune homme n'était point abattu : de trops forts sentiments l'agitaient. Tantôt se peignant un mal grave qui minait sourdement les jours de son amante, tantôt se prenant aux moindres signes de mieux qu'il découvrait dans les lettres de ma tante, il passait du désespoir le plus violent à la plus folle joie. Informé qu'Elisa avait franchi les Alpes, il volait à sa rencontre, lorsqu'il reçut quelques lignes de madame Meyer qui le priait d'attendre leur arrivée. Cette malheureuse mère, après avoir passé par les plus cruelles angoisses, forcée enfin par l'état de sa fille de s'arrêter dans le petit hameau de Saint-Branchier, avait cru ne pas la ramener vivante jusque dans ses foyers; et après s'être remise en route, elle redoutait que l'apparition soudaine de Widmer et les émotions d'une entrevue ne vinssent rompre le fil léger auquel tenaient encore les jours d'Elisa.

Le premier vendredi de septembre, ces

dames arrivèrent. Widmer s'était éloigné, sur le conseil de ma tante. Il se tenait sous ces arbres touffus qui dominent la maison. C'est de là qu'il aperçut Elisa, pâle et changée, à demi couchée dans le fond d'une voiture ouverte. Tout entier au bonheur de la revoir, son cœur bondissait de plaisir, et il attribuait à la fatigue du voyage ce qui le frappait dans les traits et dans l'attitude de son amante, Mais quand il eut vu le voiturin s'approcher et la prendre dans ses bras pour la transporter dans la maison, toute sa joie, violemment refoulée dans son cœur, y fit place au délire du plus affreux désespoir. Dès qu'Elisa fut entrée, voyant madame Meyer revenir dans la cour, il courut se jeter dans ses bras, et ces deux êtres, qu'unissait une douleur commune, s'inondèrent en silence de larmes amères.

Bientôt ils entrèrent dans la maison en essuyant leurs pleurs. Elisa, restée seule, étendue sur un sofa parcourait de ses regards éteints cette nouvelle demeure qu'éclairait faiblement le jour en son déclin. Affaissé sous le poids de la fatigue et de l'émotion, une débile langueur enchaînait ses membres et ne laissait luire en son âme que les ternes lueurs de souvenir confus, auxquels se mêlait une tristesse sans espoir et sans courage. Quand sa mère rentra et vint s'asseoir auprès d'elle, prête à lui parler de Widmer, elle lui donna affectueusement la main, mais sans rompre ce lugubre silence. Durant ces instants, Widmer, errant dans le corridor voisin, entrevoyait pour la première fois l'horreur de sa destinée, et le bonheur s'arrachait violemment de son cœur, en le brisant pour toujours.

La servante apportait une lumière. Widmer, ne pouvant plus supporter l'attente, la suivit jusque sur le seuil de la porte : « Widmer ! dit Elisa, sans surprise et d'une voix douce. — Elisa ! » s'écria-t-il en se précipitant vers elle... A la vue de son amante faible et décolorée, ses yeux brillèrent d'une sombre flamme ; puis, ne pouvant plus vaincre la poignante amertume à laquelle ce spectacle le livrait en proie, il tomba à ses côtés, prit ses mains, et, les couvrant de baisers, il cherchait à confondre ses sanglots dans les étreintes des plus vives caresses. A ces témoignages d'un si pur amour, Elisa reprenait des forces pour s'attendrir, quelques larmes sillonnaient son pâle visage, le désir de la vie recommençait à poindre dans son cœur résigné, et le regret pour elle-même s'y mêlait à la tendre compassion que lui inspirait l'infortuné Widmer, bientôt appelé à lui survivre.

« Widmer, lui dit-elle, après ces moments de silence .... qu'est devenue votre Elisa!... » Et les pleurs éteignirent sa faible voix; puis, faisant effort pour les surmonter : « J'avais cru que je supporterais avec plus de courage ces moments qui me restent..... mais..... je suis sans force, Widmer, contre vos caresses..... Mon ami! mon doux ami! c'eût été trop de félicité pour des mortels..... Dieu me retire..... Je le remercie de m'avoir donné assez de jours pour goûter ces délices dont m'abreuvait votre amour..... »

A ces discours déchirants, madame Meyer ne savait répondre que par les pleurs qui l'oppressaient, et Widmer, redevenu silencieux, le cœur serré, l'œil sec, pressait avec agitation, dans ses mains brûlantes, les mains débiles d'Elisa. Le murmure s'élevait dans son âme contre le ciel, contre Dieu, qui retirait cette fille céleste, digne de tout bien, vouée à la mort; et d'affreux projets, égarant alors sa pensée, provoquaient sur ses lèvres un sinistre sourire. Puis, à la vue de cette victime résignée, il avait honte de lui-même, et comprenant que tout ce qui ne serait pas patient; courageux, noble, le rendait indigne d'Elisa, et l'en séparait peut-être pour l'éternité, il étouffait le murmure et refoulait les projets. Ramené ainsi en face d'un malheur sans remède, la douleur trop forte fermait une issue à ses larmes.

« Non ! Elisa,... dit-il à la fin,... Elisa... non, Dieu ne vous retire pas !... Elisa !... fille adorée !.... moi sans vous ici-bas ? Non !... que je périsse avec vous, ou que vous me soyez rendue !... » Et comme le désespoir l'emportait aux plus violents transports, Madame Meyer, craignant à la fois pour Elisa et pour lui, l'entraîna hors de la chambre.

Madame Meyer revint bientôt auprès de sa fille. Depuis longtemps elle seule couchait dans sa chambre, adoucissant par ses soins la longue angoisse des nuits. Contre son attente, Elisa, épuisée probablement par les émotions de cette journée, reposa quelques heures. Pour Widmer, il ne se coucha pas, et dès le point du jour il se promenait autour de la maison, préoccupé de pensées qui paraissaient lui redonner quelque courage. Quand les volets s'ouvrirent à demi à la chambre d'Elisa, il parut en ressentir du plaisir, et il épiait avec impatience le moment de revoir madame Meyer. Dès qu'elle fut descendue au rez-de-chaussée, il courut pour l'embrasser; il apprit avec attendrissement qu'Elisa, après une nuit bonne, reposait encore; puis, l'entraînant dans la cour, il s'y promena longtemps avec elle, lui faisant part, avec un calme contraint, de choses auxquelles cette dame paraissait opposer des considérations de sagesse et de prudence. A cette résistance, Widmer s'animait par degrés: il pressait, il conjurait ; ou bien sa tristesse menaçante ramenait madame Meyer à ne pas le pousser à bout par ses réfus. En se retirant, elle parut céder quelque chose, et Widmer s'éloigna plus tranquille.

Une lettre que j'ai sous les yeux me met sur la trace du projet de Widmer. Il y rend compte à madame Meyer d'une entrevue qu'il vient d'avoir avec Elisa. Plusieurs billets, écrits sur des chiffons, se rapportent à ces funestes jours ; parce que madame Meyer étant constamment occupée autour d'Elisa, Widmer qui souvent ne pouvait la voir seule, ni lui causer devant sa fille, l'entretenait par ce moyen de ce qu'il désirait lui faire savoir.

Dans cette lettre, Widmer annonce à madame Meyer qu'il a vu Elisa, qu'elle accède à son projet, s'il peut être accompli loin de tout regard. « Autrefois, écrit-il, autrefois, dans ces jours à jamais regrettables, nous jurions d'être l'un à l'autre, mais nos serments s'arrêtaient au court espace de cette vie,... celui que nous venons de faire embrasse l'autre... Il est sacré, indestructible !... mais ce n'est pas assez. Je veux que cette union soit scellée devant Dieu ! je veux que ma fiancée me soit remise par vous devant les autels, que la mort m'enlève mon épouse et non plus seulement mon amante !... à cette condition je supporterai la vie... »

Tels étaient les projets de cet infortuné. On y reconnaît cette teinte d'exaltation qui avait toujours présidé à leurs amours, et qui, si elle avait contribué à resserrer ce nœud maintenant si affreux à rompre, alors du moins, versait quelque baume sur leurs blessures, et trompait quelques instants leurs douleurs. Pour Elisa surtout, dont les instants étaient comptés, ces choses n'étaient point sans douceur : Widmer répondait à son attente ; ce qu'elle eût fait elle-même, elle voyait avec joie son amant le faire ; la mort ne détruisait plus cette union qui avait été le rêve de sa vie, et la tombe pour y attendre Widmer lui semblait plus légère. Cela seul me fait goûter à ce projet un charme consolateur ; il me semble plus touchant qu'étrange alors que je songe qu'il put adoucir, pour cette victime, l'horreur du sacrifice. Dès qu'il fut formé, Elisa parut reprendre quelque vie, son regard se ranima, une force factice soutint ses membres, et, du sofa où elle demeurait étendue, elle prenait part elle-même aux préparatifs de cette journée.

Madame Meyer, sentant l'impossibilité de résister au vœu de ces deux amants, s'était occupée de prendre des mesures qui pussent en assurer l'accomplissement. Elle avait toujours conservé des relations avec le pasteur qui avait instruit Elisa dans sa religion : ce fut à lui qu'elle s'ouvrit, en implorant son appui. C'était un digne vieillard qui desservait la cure de Sattigny, petit village du Mandement. Il offrait de tâcher d'obtenir une autorisation pour venir dans la maison même bénir ce mariage, afin d'éviter à Elisa les fatigues d'un déplacement ; mais cette jeune fille, consultée par sa mère, s'y opposa ; en sorte qu'il fut convenu que, dès le jour suivant, après le coucher du soleil, une voiture se trouverait devant l'église, et qu'à cette heure le pasteur se tiendrait prêt à monter en chaire.

Widmer, madame Meyer et Elisa passèrent ensemble toute la journée du lendemain. Cette jeune fille, devinant au travers du calme des visages la secrète angoisse de ses deux amis, leur tenait d'affectueux discours, et tâchait de leur communiquer sa tranquille résignation : mais, à mesure que les heures s'écoulaient, ils osaient moins parler de la cérémonie du soir. Ce fut elle qui, voyant le soleil disparaître derrière les cimes bleues du Jura, leur dit : « C'est l'heure :... » et, s'étant mise sur son séant, elle fit quelques pas jusque vers une chaise voisine, où elle se reposa. Sa mère l'enveloppa d'une ample pelisse, pendant que Widmer préparait la voiture pour la recevoir. Elisa voulut descendre elle-même, appuyée sur leurs bras, et bientôt après elle se trouva dans la voiture qui s'éloigna doucement, pendant que la servante, restée seule, pleurait dans la cour.

Elisa était placée entre sa mère et Widmer, donnant une de ses mains à chacun d'eux. Elle leur adressait de temps en temps quelques douces paroles, mais ils n'osaient répondre qu'en lui pressant la main, car leur cœur gonflé était prêt d'éclater en sanglots, au moment où leurs lèvres s'ouvriraient pour parler. Seulement, pour se donner à lui-même du courage et tromper ses préoccupations, Widmer regarda sa montre, et dit quelques mots des mesures prises avec le pasteur pour le rendez-vous. Mais lorsque, après le crépuscule, les ténèbres eurent voilé l'expression des visages, ils purent pleurer en silence, et plus d'une larme, en tombant sur les mains d'Élisa, lui apprit quelles funèbres pensées roulaient dans l'âme de sa mère et de son amant. Arrivée devant l'église, la voiture s'arrêta : au bout de quelques secondes la porte s'ouvrit, et le vieux pasteur, une lampe à la main, accueillait ses hôtes avec une bienveillante bonhomie. Mais à la vue de cette pâle fiancée que soutenaient deux êtres gémissants, il devint grave, et ses pensées s'élevèrent vers un Dieu miséricordieux et réparateur.

Un fauteuil fut placé au bas de la chaire pour Élisa ; Widmer était à genoux auprès d'elle ; madame Meyer, debout, entourait d'un de ses bras la tête languissante de sa fille, qui, ayant presque atteint au terme de ses forces, en employait les derniers restes à vaincre le trouble sous lequel elle défaillait. Du haut de la chaire, la lampe projetait à peine quelque clarté sur ces infortunés, et, au milieu d'un lugubre silence, les moindres bruits allaient retentir dans le vide ténébreux des voûtes.

Après une courte invocation, le pasteur

lut la liturgie. Il avait eu soin d'en retrancher quelques-unes de ces phrases qui, présageant de longs jours de bonheur, font tressaillir les jeunes époux qu'un riant espoir accompagne aux autels ; mais qui, en face de cette vierge mourante, eussent fait un trop déchirant contraste. Après qu'il eut achevé cette lecture, il fit une pause, puis, pénétré de compassion pour ces êtres désolés, il ajouta ces paroles d'une voix émue :

« Je viens de vous unir en face de l'Éternel ;... ses voies sont inconnues, mais sa bonté est certaine. En cet instant même ses regards sont sur vous, il voit vos pleurs, il lit dans vos cœurs contristés, et s'il n'est pas donné à son humble ministre de contempler sans larmes ces nuages qui voilent passagèrement la félicité dont vous êtes si dignes, lui, plein de miséricorde et d'amour, vous prépare des bienfaits d'autant plus assurés, d'autant plus grands, que votre flamme est plus pure, que votre bonheur était mérité, et que vous aurez mieux supporté l'épreuve si sa sagesse vous la destine...

« Élisa Meyer,... mon enfant,... laissez-moi vous donner ce doux titre ; je vous connais... je sais ce que vous pouvez entendre... J'invoque ici, de toutes les puissances de mon âme, le souverain dispensateur des grâces pour qu'il prolonge vos jours sur cette terre... Que ne puis-je obtenir qu'il daigne prendre sur ma tête blanchie ce peu d'années qu'il me destine encore, pour les ajouter aux vôtres ! je les donnerais avec joie, mais si tels ne sont pas ses décrets,... chère enfant!... alors voyez le ciel ouvert pour vous recevoir... voyez au bout d'un peu de temps votre mère vous y suivre;... voyez ce jeune homme, maintenant votre époux, dont le cœur à vous dès longtemps, à vous pour toujours, va n'attendre plus que l'heure de quitter à jamais cette terre d'exil pour vous rejoindre aux célestes demeures, dans ces lieux où la mort n'a plus d'entrée, où la félicité n'a plus de terme, où cet amour sacré, qui vous unit ici-bas, vous réunira de nouveau pour l'éternité! »

Le vieux pasteur se tut; quelques gémissements sourds se faisaient entendre au bas de la chaire. Il descendit, et venant se mêler à ses affligés, il les soutenait par des paroles de paix et de consolation ; mais telle était l'énergique tristesse de cette scène, que le pauvre vieillard, navré de douleur, avait senti sa voix faiblir et manquer. Widmer prit Élisa dans ses bras, et arrivé dans la voiture, il ne voulut plus s'en séparer. Il l'appelait son épouse, sa tendre épouse, que plus rien ne saurait lui ravir ; et l'accablant de compatissantes caresses, il semblait que son cœur tout entier se répandît au dehors, comme pour ranimer cette vie près de s'éteindre. Déjà Élisa ne répondait plus à ses transports que par les faibles étreintes de ses bras.

Ils arrivèrent ainsi à la maison. Élisa, replacée dans sa chambre, leur fit signe de s'approcher d'elle. Son souffle était court et précipité, le frisson pourcourait ses membres, et les pâles violettes de la mort marbraient son beau visage... « C'est l'instant de nous séparer,... dit-elle avec effort ; pauvre maman, je vous laisse avec lui... Widmer,... je vais vous attendre ;... que le souvenir d'Élisa vous soutienne et vous protége !... » Elle ne put poursuivre, et, pendant que sa mère et son amant la tenaient embrassée, recueillant le dernier souffle de ses lèvres, elle expira, et son âme pure s'envola vers les cieux.

FIN.

TABLE

Sceaux, Impr. de E. Dépée.

A LA MÊME LIBRAIRIE.

L'ESPION

DU

GRAND MONDE

PAR

M. DE SAINT-GEORGES.

IMPRIMERIE DE E. DÉPÉE, A SCEAUX, — SEINE.

www.ingramcontent.com/pod-product-compliance
Lightning Source LLC
LaVergne TN
LVHW012011220826
846092LV00001B/312

9782329771687